MEMÓRIAS DE UM
HOME OFFICER

Catalogação na Fonte
Elaborado por: Josefina A. S. Guedes
Bibliotecária CRB 9/870

B238m 2023	Barbosa, Oliver Memórias de um home officer / Oliver Barbosa. – 1. ed. – Curitiba : Appris, 2023. 116 p. ; 21 cm. ISBN 978-65-250-4215-2 1. Teletrabalho. 2. Trabalho a domicílio. 3. Trabalho e família. 4. Estilo de vida. I. Título. CDD – 331.2567

Editora e Livraria Appris Ltda.
Av. Manoel Ribas, 2265 – Mercês
Curitiba/PR – CEP: 80810-002
Tel. (41) 3156 - 4731
www.editoraappris.com.br

Printed in Brazil
Impresso no Brasil

OLIVER BARBOSA

MEMÓRIAS DE UM
HOME OFFICER

FICHA TÉCNICA

EDITORIAL	Augusto V. de A. Coelho
	Sara C. de Andrade Coelho
COMITÊ EDITORIAL	Marli Caetano
	Andréa Barbosa Gouveia (UFPR)
	Jacques de Lima Ferreira (UP)
	Marilda Aparecida Behrens (PUCPR)
	Ana El Achkar (UNIVERSO/RJ)
	Conrado Moreira Mendes (PUC-MG)
	Eliete Correia dos Santos (UEPB)
	Fabiano Santos (UERJ/IESP)
	Francinete Fernandes de Sousa (UEPB)
	Francisco Carlos Duarte (PUCPR)
	Francisco de Assis (Fiam-Faam, SP, Brasil)
	Juliana Reichert Assunção Tonelli (UEL)
	Maria Aparecida Barbosa (USP)
	Maria Helena Zamora (PUC-Rio)
	Maria Margarida de Andrade (Umack)
	Roque Ismael da Costa Güllich (UFFS)
	Toni Reis (UFPR)
	Valdomiro de Oliveira (UFPR)
	Valério Brusamolin (IFPR)
SUPERVISOR DA PRODUÇÃO	Renata Cristina Lopes Miccelli
ASSESSORIA EDITORIAL	Jibril Keddeh
REVISÃO	Bruna Fernanda Martins
	Nathalia Almeida
PRODUÇÃO EDITORIAL	Jibril Keddeh
DIAGRAMAÇÃO	Bruno Ferreira Nascimento
CAPA	Oliver Barbosa
	Livia Weyl
REVISÃO DE PROVA	William Rodrigues

Agradecimentos

Sei que pode ser injusto, porque são tantas pessoas a agradecer, mas minha família é minha coluna, minha base, sem eles nada teria sentido. Feita a justificativa, quero dedicar esta obra à Dra. Cláudia, minha companheira e meu amor; ao Matheus e à Clarinha, que são as engrenagens que fazem a minha vida trabalhar de forma justa e perfeita.

Não posso deixar de citar aqui minha origem, meu agradecimento ao meu pai, o senhor Roberval, que brilha intensamente lá no céu; e à minha mãe, dona Ozélia, que foi durante muito tempo a capitã do nosso navio/lar e o conduziu até seu destino final com louvor; assim como aos meus outros dois pedacinhos, meus irmãos David e Rafael, que dividem comigo as mesmas alegrias, vitórias e genes.

E, claro, ao Viktors e a todas as pessoas que passaram em minha vida, que de certa forma me ensinaram algo.

Prefácio

Grandes foram a surpresa e a alegria causadas pelo convite para escrever este prefácio. Acho que é mais apropriado começá-lo chamando a atenção para o fato de que, até onde sei, são poucas as pessoas que teriam a coragem (e, acima de tudo, a capacidade) de fazer de sua própria vida um livro aberto. Pois é exatamente isso que, o agora escritor, Oliver Barbosa faz em *Memórias de um home officer*. Respeitosamente e sem maiores pretensões aparentes, o autor toma o leitor pela mão, apresenta-se e, sem que se perceba, dá início a uma jornada que ora tem tons confessionais, ora tons catedráticos (reflexo evidente de sua formação pedagógica, já que também é docente). Logo, o que parecia ser uma conversa simples ganha consistência e profundidade, fisgando a curiosidade e o interesse de maneira cada vez mais intensa.

Aliás, usei o termo "jornada", mas, talvez, a palavra mais adequada seja "viagem". Sim, a forma franca como Oliver escreve sua autobiografia assemelha-se, para mim, a uma viagem de balão. Movido com o ar quente que são as experiências pessoais do narrador, sua história decola suave, elegante, e, em pouco tempo, surpreende por mostrar paisagens que compõem o cotidiano sob uma perspectiva nova, particular, tornando o que era comum, algo singular. Nesse novo horizonte apresentado, vemos os montes, planaltos e vales: seus sonhos, sua família, seus amigos e colegas de profissão, desafios do trabalho e da vida pessoal, enfim, todos os altos e baixos que se tornaram parte da existência daquele que conduz nosso passeio com a mesma naturalidade e espontaneidade de um pintor que, só após passar várias horas contemplando sua tela, dando os últimos e cuidadosos retoques, aceita torná-la acessível ao público.

Diferente do que se pode imaginar, não é por obra do acaso que ocorre a disposição do conteúdo do livro. Além do ótimo recurso semiótico de vincular uma carta do baralho a cada episódio narrado, Oliver Barbosa, que é fotógrafo de formação, alinha sua sensibilidade e seu inegável talento para realizar recortes e enquadramentos, aplica o zoom quando quer detalhar; cuida dos tons e das cores quando escolhe lançar mais ou menos luz sobre determinado assunto, garantindo a dinâmica essencial para não perder a objetividade daquilo que se propõe a nos contar. Daí a irregularidade nada prejudicial da duração dos capítulos, organizados quase como se fossem um sumário.

Uma última informação: recordo-me que, em um de nossas primeiras conversas, quando ainda estávamos nos conhecendo, durante os intervalos das aulas de um curso de pós-graduação que fizemos em 2011 (início de nossa amizade), eu, que sou pesquisador da área da Literatura Brasileira, tive a oportunidade de recordar a Oliver que, por força da carreira que escolheu seguir, o reconhecia como "um escritor que escrevia com luz". Na ocasião, eu falava sério. Afinal, fotografia vem do grego, *photo* (luz) e *graphein (escrever)*. Desnecessário dizer, porém, que ele, humilde e corado, riu dessa ideia. *Hoje, no entanto, tenho a felicidade de constatar que meu amigo e irmão é um escritor que fotografa com as palavras.*

Luzard Galvão
Pereira Cândido
Psicopedagogo
Graduado em Letras pela Ufal
Pesquisador da área de
Literatura Brasileira
Servidor da Secretaria de
Educação do estado de Alagoas

Apresentação

Antes de qualquer coisa, até de me apresentar, preciso agradecer ao universo por tudo que aconteceu em minha vida. Me considero um agraciado. Não que eu não tenha problemas, como qualquer um de nós, mas minha vida mudou e com certeza para melhor, e vou explicar o porquê. O ser humano é teimoso e gosta de viver na zona de conforto, mas pense comigo: mudanças são realmente coisas ruins?

Pra mim, mudanças sempre trazem coisas boas, pode ter certeza que às vezes são doloridas, principalmente se elas não partem de você, mas são benéficas, porque te obrigam a repensar certezas, que, acredite, são perenes e têm prazo de validade.

Como eu sei disso? Segundo o Bruno Gimenez (Brilha Prosperidade!):

> *"Se você está feliz onde está, e se sente seguro, sua vida está no curso certo".*

Grato também a você que está aqui comigo!

Sumário

EU

SOU MUITO MAIS que o Oliver, mas podemos começar pela convenção do nome, neste momento, setembro de 2022, estou com 47 anos de idade, dos quais 27 dedicados a publicidade e propaganda. Conversaremos sobre isso mais adiante. Sou natural de São Paulo, capital, bacharel em Fotografia, graduado pelo Centro Universitário Senac, D.A. (diretor de arte) e moro em uma cidade linda chamada Maceió, casado com a Dra. Cláudia Camelo, psicóloga, minha companheira, confidente e amante, com quem fiz meus dois tesouros, meu campeão Matheus e minha princesinha Maria Clara, ou simplesmente Clarinha.

Enfim, me considero uma das almas que veio a este mundo para aprender, crescer, melhorar e, logo, fazer deste mundo um lugar melhor. Muito ainda a lapidar, mas como disse, me sinto tão seguro e amparado que acredito estar no caminho certo, então esse sou EU, o Oliver, ou como as pessoas na agência me chamam: Oliveira ou Oliva!

Pandemia

Em uma das reuniões que tivemos, eu e os queridos parceiros e amigos de trabalho Rick e Daniel estávamos conversando sobre as mudanças impostas ao mundo pós-Coronavírus. Ouvi do Daniel, nosso diretor de criação, que o home office era um caminho sem volta. Aqui na Argumento (agência em que trabalho há mais de 18 anos, sediada em São Paulo), nossa equipe está quase que em sua totalidade trabalhando em home pelo menos 4 dos 5 dias da semana; no meu caso, estou em home desde 2010, longe de Sampa, graças ao visionário Viktors Chomko, dono da agência, amigo e uma das almas mais generosas que conheci em toda a minha vida. Também falaremos dele mais à frente.

A pandemia foi sem sombra de dúvidas cruel, mas com a gente aqui na Argumento passamos a tormenta com relativo conforto. Muitas agências fecharam, ou não conseguiram se adaptar à nova realidade. A Argumento é uma agência muito eficiente e inteligente. A definição de inteligência, brilhantemente explicada a mim pela Dra. Cláudia, é a capacidade de se adaptar aos desafios e aos problemas dando respostas satisfatórias e soluções a eles. Não sei se a experiência que a agência já tinha comigo deixou os donos da agência mais seguros para esse novo desenho do negócio.

Começamos a fazer muita coisa no digital, nos adaptamos rápido, isso graças à nossa equipe. Aqui vale um elogio ao time, que considero muito bom, e à cabeça sem preconceitos dos sócios do Viktors, Rafael e Anderson, a quem também quero registrar meus mais sinceros agradecimentos. Nos conhecemos todos há bastante tempo, e meu respeito e admiração só crescem.

Antes do início

Meu sonho era fazer parte do maravilhoso mundo da publicidade e propaganda. Acredito que quem está lendo estas linhas e tem mais de 40 anos deve se lembrar dos desenhos clássicos do *Pica-Pau*, excelente obra de Walter Lantz que estreou nos USA em 1940. Tinha um episódio em especial que marcou minha vida, que foi *Woods Dinner Out*, que mostra que nem sempre fama, sucesso, dinheiro e mulheres, baseados em uma promessa simples, são fáceis de serem atingidos. Ficou curioso? Veja no link[1], por volta dos 2 minutos e 57 segundos. Eu achava que a propaganda era toda glamour, dinheiro e mulheres.

Pois bem, se é isso que você acha, sinto em acabar com seu sonho dourado. É um trabalho duro que exige bastante, tem muitas rotinas, e é meio como o futebol: você verá alguns (poucos) grandes nomes ganhando muuuito dinheiro, mas o chão da agência é bem diferente. Claro, sei disso porque vivi na prática, inclusive a desvalorização desse mercado, que como disse é assim, 8 OU 80.

---

[1] . https://www.youtube.com/watch?v=HTFEbkrxQ74

Início

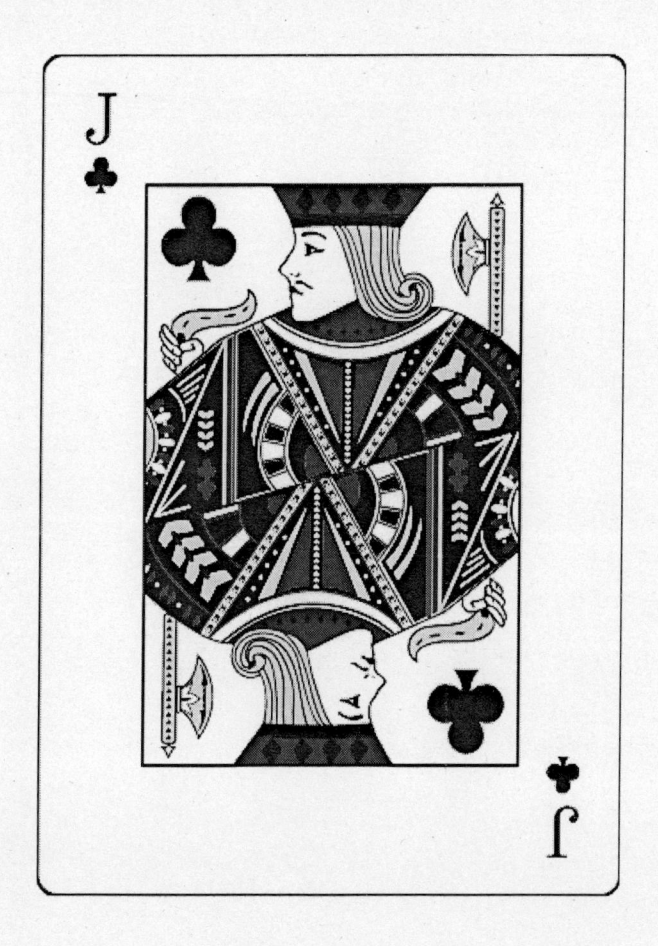

Trabalho em agência de propaganda desde 1995. Minha jornada começou na Pentágono, aproveito o momento para agradecer toda a paciência e generosidade do Miguel Ruiz e do Maurício Martins, que me deram duas grandes oportunidades: 1.ª trabalhar – entrei na Pentágono para ajudar no Departamento financeiro, momento em que já estava aprendendo sobre organização e disciplina. E 2.ª a tão sonhada oportunidade do Departamento de Criação, trago de lá experiências maravilhosas com o Marcelinho, diretor de criação com quem aprendi desde conceitos criativos e até sobre música, foi ele quem me apresentou Pizzicato 5, Björk e Tom Waits, por exemplo (se não conhece ainda, aconselho). Tinha o Tony, que era um mestre em montagens complexas, como revistas, catálogos e apresentações especiais, gostava de observar sua paciência e capricho, além de Hugo Rodrigues, talentoso redator dono dos bordões "TU TÁ LOCO?" e "TU TÁ BRINCANDO?", que no momento em que escrevo estas linhas ocupa com grande justiça o cargo de CEO da WMcCANN. Quando trabalhamos juntos ele usava cabelo raspado, hoje ele usa uma baita cabeleira, sua marca registrada.

E também tinha o amável e generoso Silvio Sena, que nunca deixou de ser um amigão e um bom ombro, sempre dividia conhecimento e era um grande incentivador, além de bom conselheiro; assim como o Toninho, um sonhador, sedutor dono de uma ótima retórica e bom D.A., especialmente com ele aprendi sobre ter calma em momentos críticos, analisar friamente as situações, sobre discernimento e cautela, além de ter sido um grande parceiro; entre outras figuras.

Depois passei pelo Grupo Rái do Fábio Burg, como estagiário na Ópera do Marcos Ferraz, na MD do Denis Santini, na Vênus NCA dos Marcos Ferraz, Walter Derani, Viktors Chomko (opa! Olha o Vitu aí!) e Tatiana Morimitsu, na Argumento do Viktors Chomko e Tatiana Morimitsu, e antes de voltar a trabalhar com o Vitu, tive uma breve passagem na Contexto, de novo na Rái e, aí sim, até hoje na Argumento.

D.A. Não é diretor de nada, e redator não é escritor

Pensa no trabalho que foi explicar pra minha mãe o que é um D.A. (diretor de arte), que na verdade não é diretor de absolutamente nada, e sim, segundo excelente definição de um dos maiores publicitários que vi na vida, Washington Oliveto, o D.A. é: um adequador de comunicação. Sim, um D.A. baseia seu trabalho segundo o perfil do *target*, ou, simplesmente falando, ajusta a comunicação para falar de forma eficiente com seu público.

Simples assim, o D.A. é tão peão quanto qualquer outro trabalhador. Garanto que pode ser muito divertido, desde que você entenda que não é um artista. Isso vale pros redatores também. Um redator não é necessariamente um escritor, mas, com certeza, alguém que conhece bastante sobre português e sabe brincar com as palavras. Me sinto um D.A. diferente porque fui estagiário (pasmem!) de um redator. Aliás um bom redator, que me ensinou a organizar minhas ideias, fazer títulos e pensar em layouts de forma mais conceitual. Curioso pra saber com quem foi? Eu digo: Marcos Vinícius Ferraz, redator muito talentoso, dono de uma interessante carreira internacional, que aceitou o desafio de ser mentor de um D.A. iniciante (EU, mesminho).

Olha o curriculum dele: redator da VS/Y&R RJ, Enio Mainardi, Ogilvy, Newcomm Bates e McCann Erickson (RJ, SP e São Francisco). Diretor de criação da Ogilvy Varejo, Newcomm Bates, Adag, Contexto Propaganda e Souza Aranha Mkt direto, Fess'Kobbi on-line. Criador e diretor editorial da *Revista Possível*, uma publicação focada em educação, cultura e atitude positiva.

Vale aqui um adendo, eu diagramei as três primeiras edições da *Possível*. Se quiser saber mais sobre ele, entre aqui: https://marcosferraz.net/.

Ele sempre dizia que escrever é como "cortar palavras".

Enfim, nomes chiques como D.A. (diretor de arte) e redator não refletem necessariamente o glamour que se sugere.

O trabalho é pela arte ou pela demanda?

Como acabei de dizer, não saber exatamente qual a função de um D.A. e de um redator pode dar curtos-circuitos na cabeça das pessoas da criação.

Já vi discussões homéricas entre D.A.s desavisados e donos de agência. Uns pensam serem artistas e que suas peças são a suprema manifestação de arte (e sinceramente até que eram, mas...), que merecem estar em museus e ser cultuadas; e de outro lado donos de agência querendo aprovar o bendito layout para faturar e garantir os recursos para a operação da agência. Desde cedo, percebi esse lado prático no Vitu, e aprendi com ele: não somos artistas, somos profissionais que atendem à demanda do cliente e ponto. Agência de publicidade não é lugar de artistas, e sim de profissionais comprometidos com resultados positivos para seus clientes, e isso, infelizmente, implica em que o layout não esteja do jeito que foi pensado.

A verdade é que o layout é do cliente, doa a quem doer. Tive um grande privilégio de trabalhar com o Maurício Cavalcanti, hoje VP de criação lá da Rái, que foi cirúrgico em sua definição quando me disse:

> *Oliver, se a gente for brigar por diferenças criativas de nossas peças, a gente vai se desgastar muito. Essa briga já começa perdida, não que eu não sugira, não insista e tente, mas a palavra final é do cliente, que nesse momento também tem sua cota de responsabilidade, tanto para o bem quanto para o mal. Então sugiro que você manifeste sua arte em outro canal, eu por exemplo manifesto minha arte através das artes plásticas e meus quadros, tenho minhas obras e faço minhas exposições que são todas frutos de minhas escolhas, absolutamente minhas escolhas, entende?*

A cura do câncer

Claro que esta afirmação causa estranhamento, e no mínimo indignação, mas era o termo que eu usava com bastante frequência pra mostrar a minha indignação com pedidos e colocações estranhos e injustos de clientes.

Eu explico: uma das eternas brigas entre quem pede e paga o trabalho e de quem faz é se a demanda foi resolvida satisfatoriamente. Nesses muitos anos de Argumento, cruzei com clientes que ainda estão na década de 70, em que o cliente sempre e sempre tem razão, isso foi em um passado distante, hoje brigamos por bom senso. Ainda tem clientes que parecem crianças pirracentas que por serem donos do "brinquedo" querem mudar as regras do jogo com pedidos absurdos, aliás o Miguel Ruiz da Pentágono tinha uma tirada que era muito boa, ele dizia:

> *Vocês estão vendo como atendimento sofre? Tem cliente que chega aqui me perguntando se dá pra colocar o anúncio dele na* Revista Veja *da semana passada, e eu sou obrigado a dizer que dá!*

Às vezes sofremos muito porque briefing, prazo e *budget* (grana disponível para executar um trabalho) nunca vêm alinhados. Alguns deles sempre pedem que o trabalho seja uma peça impecável do ponto de vista estético, funcional e, claro, com um preço imbatível, enfim uma peça digna de ser comparada com peças que ganharam prêmios em Cannes, com investimentos feitos com freelas, então eu mandava essa:

> *Claro, cliente, tá fácil, além disso que você pediu, podemos encontrar também a cura do câncer...*

Prateleiras de trabalhos?

Também emendava essa:

*Claro, posso entregar tudo isso que você pediu em 10 minutos,
ou pegando os layouts prontos na prateleira atrás de mim…*

Corda no saco

Claro, ser mal educado com o cliente na frente do dono da agência não era uma boa ideia, após as reuniões existia um misto de raiva, indignação e até incredulidade por parte do Vitu, que sempre encarou meu mau humor exatamente de forma inversa, com bom humor, mas isso não me isentou de minhas faltas, e de levar umas belas carteiradas.

Uma das vezes que tirei ele do sério ele carinhosamente me disse que ia amarrar uma corda no meu saco, e assim que eu fosse indelicado com os clientes ia puxar sem dó. No final, lembro dele ter desistido de me levar em reuniões.

Essa sigla entra para aquelas que eu queria ter criado, mas não foi. Foi criação do amigo e redator Adriano Franco Mitidiero, e sua simplicidade reflete sua genialidade: *Nego Quer, Nego Tem*.

Afinal, não desistimos de fazer o melhor, apenas ponderamos que é estrategicamente melhor, e então fazemos logo o que o cliente quer e paramos de discutir, afinal quem entende de composição de cores, layout e português é o cliente, não é? Lembre-se: O TRABALHO É PELA ARTE OU PELA DEMANDA?

Pégolas

Olha o Adriano aí de novo, outra criação marcante desse brother de longa data. Vou mandar uma que lembro de cabeça, foi quando o cliente pediu *"o arquivo em Ondas"*. Claro que isso é um pedido absurdo, esse termo não existe, o que seria o correto aqui é: *"pediu o arquivo em curvas"*. Quem é do ramo gráfico logo entende que o que se pede é que todas as fontes e os textos do arquivo sejam convertidos em curvas ou desenhos.

O Pégolas era uma das coisas mais legais que tinha na agência, todas as Pérolas eram carinhosamente coladas nesse mural, que infelizmente não foi registrado, e eu não me lembro das pérolas que estavam lá, realmente uma pena...

Pedradas na cruz

Pobre do Jesus Cristo, mas essa que foi inventada pelo Vitu é sem sombra de dúvidas uma das minhas favoritas. Sempre que a gente tinha trabalhos pesados pra fazer, fosse montar kits, concorrências, montar estruturas de eventos, enfim, trabalhos pesados, virando noites e dando o sangue pelo cliente, e claro, sem nenhuma tranquilidade e paz, sempre com o cliente na cola e enfrentando vários problemas, ele carinhosamente olhava pra gente e dizia:

> *O que me anima é que na hora que eu joguei umas pedras na cruz, vocês estavam lá comigo, e jogaram também...*

Murilo chegou

Quando voltei pra Argumento em meados de 2005, 2006, para um novo desafio que era ser diretor de criação, cargo que dividi com o Adriano Mitidiero (olha ele aí de novo!), fui capaz de ver o que uma empresa organizada é capaz de fazer.

Nesse período vimos chegar o Murilo, filho do Viktors e da Fernanda. Aqui cabe uma descrição justa da Fernanda, uma companheirona, que embarcou em todas as viagens do Viktors, as que deram certo e as que deram errado. Além de extremamente competente e capaz de fazer estragos em corações desavisados, foi o que aconteceu em Punta Cana, falo sobre a viagem mais adiante. Ela foi a hostes com uma competência e segurança admiráveis. O que ela recebeu de cantadas não está no gibi, o bom é que o Vitu é bem tranquilo. Um casal inspirador, é assim que os vejo.

Lembro que o momento exigiu bastante do Vitu, e ele precisou focar no galeguinho de olhos azuis, hoje um lindo rapaz. Foi um momento especial e muito esperado em que ele precisou se ausentar um pouco das atividades profissionais, e graças aos céus, deu tudo certo. Me sinto feliz e realizado por ter podido ajudar. Ficamos eu e o Adriano focados em tocar a agência da melhor forma possível. Ele depois nos disse que conseguimos ajudar (claro, dentro de nossas limitações) ele a se focar em sua família, que precisava muito de sua atenção. O mais engraçado é que essa situação foi uma prévia do que viria a ser a minha vida.

Outros caminhos

Entre 2006 e 2007 aconteceu algo que viria a mudar minha vida de forma profunda, uma daquelas pegadinhas do universo, que tira seu chão e te pega no contrapé. Até aquele momento eu tinha pra mim que minha vida estava encaminhada, estava casado, fazendo a faculdade de Fotografia, já tinha encontrado a empresa ideal pra trabalhar e, afinal, já estava com 31 anos. Minha atenção estava totalmente focada no campo profissional, e até aquele momento eu acreditava que minha companheira e minha vida privada poderiam "esperar" um pouquinho eu me estabelecer profissionalmente e que isso me traria a tão sonhada estabilidade.

Talvez esse tenha sido meu pior erro – sim, eu havia feito muitas escolhas ruins. Quando você acha que tem todas as respostas, vem a vida e muda a pergunta, certo? Então em 2005 e 2006 tive que reavaliar todas as minhas escolhas e rever tudo que eu havia feito em minha vida, reavaliar tudo o que acreditava, pegar os pedacinhos do que havia sobrado e ver se dava pra aproveitar algo. Era o fim de um casamento que eu achava sólido, com problemas, é verdade, mas que eu achava que o tempo ajudaria a resolver. Por questões óbvias, não será citado nome. Espero de coração que minha ex-esposa esteja bem e feliz, afinal já se passaram mais de 15 anos, e desde então não conversamos mais. Juro, sem nenhum tipo de hipocrisia, espero que a família toda tenha encontrado seus caminhos, assim como encontrei o meu.

A família dela me ajudou muito, me recebeu e me acolheu da melhor forma que pôde, e eu sei disso. Quando digo me ajudaram muito é com todas as letras maiúsculas. O fim de um casamento nunca é bom pra ninguém, afinal é um grande investimento emocional, entretanto percebo que tudo o que acontece na vida da gente, inclusive aquilo que a gente acha que deu errado, na verdade deu certo. Veio pra ensinar algo, uma experiência, uma vivência, passagem, ou sei lá qual nome você escolha pra isso, mas é assim que me vejo e me sinto, leve, grato e feliz.

Cacau Flora

Como eu mencionei em OUTROS CAMINHOS, estava tentando entender o que havia acontecido. Consigo falar hoje sobre o assunto com outro ponto de vista, porque hoje sou outro. O momento foi bem difícil. O que fazer agora? Qual caminho tomar? Como não cometer esse erro de novo?

Aqui cabe todo o agradecimento à minha mama, a dona Ozélia, e aos meus irmãos, que ficaram extremamente próximos, preocupados e bastante zelosos comigo, mas olha a situação: me sentia sozinho, me sentia um perdedor, um desqualificado, cheguei a pensar que minha mãe não me aceitaria em sua casa de novo. Eu estava enganado, recebi, de minha diminuta mas importante família, muito amor, carinho e atenção. Minha mãe me acolheu como toda mãe zelosa faz e se colocou à disposição para ajudar no que fosse preciso, e assim foi.

Quem me conhece sabe que sempre fui gordinho, mas naquele momento eu estava bem acima do peso, com a autoestima no pé, foi quando meu irmão atleta, o David, me convidou a ir à academia com ele. Deu resultado, renovei o guarda-roupa e em pouco tempo eu estava pronto para "caçar novamente", infelizmente me achava velho para ir a baladas e paquerar, estava bem inseguro e enferrujado, mas se quisesse conhecer alguém, eu não tinha muita escolha. Foi quando foi pintando um encontro com uma colega de faculdade aqui, outra paquera lá e assim foi até eu entrar em um desses sites de encontros, o falecido Tagged. Sinceramente nem sei quem me indicou, mas naquele momento estava valendo.

Entre inúmeros perfis um me chamou bastante a atenção, uma loura linda, psicóloga (ai que medo! Na gestão anterior tinha tido vários problemas, não com uma, mas com duas psicólogas), era a Dra. Cláudia, solteira, formada, pós-graduada... enfim, bastante interessante, só tinha um problema: onde ela morava.

Nunca namorei ninguém que morasse perto de mim, até aí beleza, mas dessa vez eu tinha me superado, ela estava em

Maceió. Caramba… onde fica Maceió? Pensei... Foi quando fiz a pesquisa. PQP, fica no Nordeste… Alagoas, poooorraaaaa!… Foi quando pensei: "Meu, você nem falou com a mina, pode não dar em nada, o não eu já tenho, então vamu que vamu". Começamos a conversar, trocar fotos recentes e apelidos, quem diria? O meu foi o de Bob, por conta do Bob Esponja que tem os dentes da frente separadinhos, e o dela ficou Cacau Flora, uma analogia à nossa amizade, que era uma sementinha, que se cresceria ou não dependeria de mim, Bob Jardineiro.

Inacreditavelmente minha mãe incentivava, até que eu fui conhecê-la. Resultado? Vou falar as coisas na ordem que aconteceram: fui conhecê-la, fizemos o Matheus, casamos, moramos em SP, ela foi chamada pra assumir uma vaga na prefeitura por conta de um concurso que havia passado, mudamos pra Alagoas, fizemos a Clarinha e estamos juntos, e, desde então, lá se foram 14 anos juntos e ainda com muitos sonhos por conquistar. Conhecer a Cacau foi como reacender a chama do amor, foi uma nova primavera em minha vida.

Let's rock

Lembro que quando fiz mais de dez anos de agência o Vitu me presenteou com uma viagem ao Hard Rock de Punta Cana, uma experiência incrível. Tive a oportunidade de aproveitar uma das melhores redes de hotéis All inclusive do mundo, além de poder ter em meu curriculum minha primeira experiência profissional internacional. Lá, pude exercer minha profissão de formação: a fotografia.

A viagem foi muito excitante, por dois motivos, era nossa premiação pelos bons resultados e também era pra fazer um evento importante de um grande cliente multinacional. Foi tudo maravilhoso, até o fatídico dia de ir ao passeio da Catamarã. Nesse dia perdi, de verdade, minha câmera, minhas objetivas, minha carteira com dólares, reais, documentos, um livro que peguei emprestado da Cláudia, meu celular e, claro, minha dignidade. Isso tudo graças a duas maravilhosas bebidas: School Bus e Mama Juana. Vai na minha, a mistura é game over.

Falando nisso, essas viagens sempre contam com histórias incríveis, certo? Então lá vai a minha: lá nasceu a lenda super engraçada de um fotógrafo que encheu tanto o caneco que voltou pro quarto engatinhando. Sinceramente gostaria de ter visto, mas como o fotógrafo em questão era eu, e disso eu não lembro, ficarei com a versão oficial de que voltei pro quarto em um carrinho de golfe. Sim, isso foi verdade.

Quando acordei no quarto, 12 horas depois, dei falta dessas coisas que eu descrevi, e os caras rindo me disseram que não tinham as visto. Pensei que era uma brincadeira, até saber que realmente as minhas coisas tinham sumido. Agora a parte boa: procurei a gerência, pra lá de envergonhado. Fui encaminhado a uma simpática recepcionista que pacientemente ouviu minha história. Pediu que eu descrevesse meus objetos. Me pareceu que ela não estava dando muita atenção a mim, foi quando percebi que ela estava atenta às minhas descrições e olhando fixamente na tela de seu computador. Pra minha surpresa ela virou o monitor para que eu pudesse vê-lo e lá estavam todas as minhas coisas, fotografadas, catalogadas e organizadas. Foi recuperado absolutamente tudo: câmera, objetivas, acessórios, dinheiro, documentos, celular, enfim, tudo. Foi aí que percebi que o mundo tem jeito sim.

Aliás, vale aqui o registro dos meus mais sinceros agradecimentos à rede Hard Rock, em que tudo, absolutamente tudo, foi impecável.

De motoboy a dono da agência

Que a gente sempre ouve falar de histórias fantásticas sobre pessoas que ascenderam na vida por conta de suas escolhas, ou de um golpe de sorte, ou simplesmente por conta de sua capacidade profissional e visão, é quase ponto pacífico. Ouço com bastante desconfiança até histórias sobre a simplicidade de grandes milionários, posso citar aqui a lenda de que o Antônio Ermírio de Moraes andava de Santana, porque era um cara simples. Ora, eu não o conheci, então posso duvidar disso, certo?

Mas eu fui testemunha de algo realmente incrível. Conheci o Anderson no prédio onde funcionava a Vênus NCA. Era lá na Rua Helena, um endereço incrível, um prédio bem bacana, naquela época a Agência Vênus NCA era o resultado da sociedade de: Marcos Ferraz, o criativo; Walter Derani, o sócio investidor, empresário de sucesso; Daniel, que infelizmente não lembro seu nome completo, mas era responsável pelo planejamento, se não me engano; e do braço de trade formado por Viktors Chomko e Tatiana Morimtsu; e por fim a parte de internet cuidada pelo educadíssimo e boa praça Bob Gebara.

A Vênus NCA foi um daqueles sonhos que passou e deixou coisas muito positivas. Por questões que não sei explicar, teve um ciclo intenso e curto, não sobrevivemos à competente concorrência das agências grandes. A Vênus tinha muitas aspirações, que infelizmente não se concretizaram, ou, dependendo do ponto de vista, deram completamente certo, unindo alguns amigos que estão juntos até hoje. Não posso deixar de citar aqui um desses amigos, que na época era um jovem e talentoso redator de uma humildade ímpar, além de ter um senso de humor ótimo, se trata do Adriano Abdala, a quem eu carinhosamente apelidei de Árabe, por conta de sua ascendência. Ele sempre brincava muito com isso, inclusive se lamentando que por conta de sua ascendência entrar no USA e ver o Mickey não seria fácil. Nunca disse isso a ele, mas trabalhar com ele foi uma das experiências mais divertidas da minha vida. Não tinha tempo ruim, apenas piadas inteligentes, bom humor e boa energia o dia inteiro. Sempre ria de tudo, inclusive de si mesmo. Era só alegria!

Depois desse pequeno preâmbulo que passou por meados de 2002 até o ano de 2008, 2009, pude ver a ascensão do Anderson, que era sim o nosso querido amigo e portador, ser tornar gradativamente responsável pela produção e logística, depois, ajudando até como assistente de arte, montando layouts, até chegar à administração, e posteriormente se tornando um dos sócios. Algo incrível e justo. O Anderson merece todo o respeito e sua situação é fruto de sua dedicação e comprometimento. Quem disse que coisas justas e boas não acontecem aos de bom coração?

O homem sem medo

Esse é o apelido dado ao Demolidor, herói bastante interessante da Marvel. Cego desde a infância, mas com os sentidos exacerbados e melhorados, ele enxerga como um morcego, tem grande sensibilidade auditiva, força e coragem. Esse é o paralelo que faço com o Vitu, nunca disse a ele sobre minha analogia dele com o Demolidor, ou em inglês Daredevil. Já havia dito a ele que ele era o homem sem medo, pois bastava ele acreditar na ideia que lá ia ele. Tomou algumas invertidas, que eu pude testemunhar, mas o pensamento positivo, a crença nas pessoas, uma coisa que eu achava perigosa e quase infantil, mostrou que ele estava certo. Hoje ele é empreendedor em outro país, trabalhando com o que gosta, e é feliz.

Atualmente quase não conversamos, pois a operação está diferente, mas da última vez que conversei com ele, percebi além dos cabelos brancos seu otimismo inabalável e as suas conquistas. Sim, ele conseguiu com louvor tocar seus projetos com êxito, como disse anteriormente com a mesma animação dos quase 20 anos em que eu o conheço. Vi o brilho em seus olhos, a alegria e a positividade. Impossível não se contaminar com isso.

Ele sempre vê o lado positivo das coisas. Aí você que está lendo meu texto pode pensar: "Ah! Puta puxa saco"... Certo, então vou lhe dizer como começou minha história em home office. Depois que conheci a Cláudia minha vida mudou e mudou muito. Minhas aspirações foram mudando. Antes, eu achava que ganhar uma boa grana e garantir o conforto da minha família era o que eu precisava. A Cláudia fez concessões e sacrifícios para que nossa família continuasse unida. Uma das condições que impus era de que eu não sairia de São Paulo de jeito nenhum, tanto que ela que estava muito mais organizada do que eu, desmontou sua casa de boneca (sem brincadeira, a casa estava toda pronta e equipada) e foi para uma terra estranha, longe da mainha, do painho, de suas origens, para viver essa nova fase de sua vida. Estávamos morando provisoriamente no pequeno apartamento da minha mãe em Itaquera, e eu sentia que ela estava infeliz, trancada o dia inteiro em um apartamento pequeno, sozinha com nosso Matheus. Comecei a perceber que eu estava errado, ela estava infeliz e eu estava fazendo o mesmo movimento que não deu certo, de novo.

A Dra. Cláudia tem até hoje guardado aqui com a gente um livro chamado *Perdas Necessárias* de uma autora chamada Judith Viorst. Esse livro estava em uma das caixas das coisas dela que abrimos. Muito se perdeu porque precisei usar a garagem gentilmente cedida a nós por meu irmão para acomodar nossos pertences, que infelizmente não era um local adequado para se guardar coisas delicadas de uma casa. Esse livro foi a bússola que colocou nossas vidas no rumo certo. Devorei o livro em uma semana.

Fiquei com raiva, porque tudo o que a autora do livro falava era verdade. Ela me deu vários tapas na cara. Somos levados por nosso inconsciente a fazer as mesmas escolhas, em que sabemos qual o resultado. Achei extremamente estúpida sua afirmação, como isso poderia ser verdade?

Foi então que precisei me humildar e ver que estava entrando em um ciclo vicioso de novo regido pelas mesmas escolhas. Daí a autora lhe desafiava, ela dizia que se você quer resultados diferentes, ouse, tenha coragem e faça escolhas diferentes. Essa parte eu entendi bem direitinho. Dali a algumas semanas a Cláudia me liga pedindo com urgência que eu fosse pra casa para levar nosso pequeno ao hospital. Lembra que estávamos em São Paulo? Cheguei em casa duas horas e meia depois, e em três horas estávamos no hospital.

No caminho pra casa, após saber que graças a Deus não tinha nada de errado com nosso pequeno, fui consumido por reflexões disparadas pelo livro:

O que eu estou fazendo com a minha família?

Vale a pena esse tipo de vida?

Criarei meu filho feito um hamster numa caixa de sapato?

E a Cláudia, ela suporta isso?

Eu suporto isso?

Aí aconteceu um dos muitos milagres que viriam depois, eu havia acabado de chegar do trabalho quando ela me disse que tinha uma novidade pra contar, o que ela queria na verdade era interagir, eu estava cansado, às vezes não estava a fim de papo, e isso rendeu várias brigas, mas, como disse, estava mais pensativo sobre as sugestões do livro, e decidi ouvir com atenção o que ela queria me dizer: ela havia passado em um concurso para trabalhar na Secretaria de Educação da prefeitura de Maceió, que já estava chamado as pessoas a tomarem posse. Quem tinha ligado pra ela pra avisar foi minha cunhada, a Paulinha.

Vi em seu rosto tristeza e lamento, afinal, eu havia dito que de São Paulo eu não saía, mas ela não sabia que eu já estava repensando as coisas, então pra mim aquilo foi como um sinal divino, foi quando eu disse que ela iria tomar posse e que providenciaríamos os documentos e moraríamos em Maceió.

Morar em Maceió teria vários impactos, eu precisava de um emprego novo: *Perdas Necessárias*, meu novo salário seria reflexo de um mercado menor, então eu receberia menos: *Perdas Necessárias*, eu estaria a 2.700 quilômetros dos meus amigos e dos meus familiares (quem fez isso primeiro foi a Cláudia, lembra?): *Perdas Necessárias*. Porém, estar em Maceió de novo, um local familiar, iria proporcionar à Cláudia ser produtiva, pois ela seria reinserida em seu contexto e isso era muito importante, eu estava totalmente disposto a me adaptar, e claro, tinha a cereja do bolo: MORAR PERTO DA PRAIA, AHHHUUULLL! Tudo foi ponderado, e sim, valia muito a pena vir. Agora era procurar um emprego novo e avisar o Vitu.

Cheguei a encontrar emprego, fui contratado por uma agência que tinha um braço em Miami chamada Clorus, que me chamou bastante a atenção, a pessoa tinha gostado de mim e fechamos que assim que eu chegasse em Maceió, dali uma semana eu começaria, foi quando fui falar com o Vitu.

Pra minha surpresa, ele ficou calmo o tempo todo e preocupado comigo fez a seguinte pergunta: — Olivera, você já arrumou emprego lá? — Respondi que sim, e ele de novo: — Quanto ele vai te pagar? — Respondi: um terço do que você me paga. Daí ele de novo: — Você está indo pra Maceió por quê? Algum problema com a gente? — E eu respondi que não, absolutamente, mas que eu estava em busca de outra coisa, e que quando encontrasse poderia dizer a ele, mas que sentia em mim que aquela era a coisa certa a se fazer, buscar qualidade de vida, enfim, uma mudança de chave, e que por estar em outro estado não poderia continuar trabalhando pra Argumento. Foi quando ele fez a proposta da minha vida: — Olivera, você vai pra Maceió de carro, certo? — Eu respondi que sim, então ele disse: — Deixa um espaço no porta-malas do Siena, vou comprar um Mac e você continua com a gente em home office, assim você continua com o mesmo salário as mesmas rotinas e clientes, beleza?

Lembro de ter perguntado a ele: isso vai dar certo? Ele me respondeu que só não daria certo se eu não quisesse, o resultado disso é uma história vitoriosa de parceria, respeito e admiração construída ao longo de mais de 18 anos de trabalho. O Mac que ele me deu na época valia mais de 10 mil reais, então será que eu estou exagerando quando digo que o Vitu é o homem sem medo?

Sustentado pela esposa que é dra.

Quando falo do Vitu ser um visionário não estou exagerando, o trabalho em home office é sem sombra de dúvidas o futuro, só que as pessoas ainda estão conhecendo, e entendo esse novo método de trabalho pelo gatilho dado pela pandemia. Pra mim é um termo familiar há muito tempo. Quando me tornei home officer em 2010, a Europa já experimentava com sucesso essa experiência, tanto que o Vitu já sabia.

Um exemplo rapidinho: a Fernanda, esposa do Vitu, foi gerente da Nestlé. A sede era lá na Berrini (Av. Engenheiro Luiz Carlos Berrini, carinhosamente apelidada de Berrini), um prediozão que era administrado por um CEO Mexicano, se não me engano. Já naquela época, 2009, 2010, o Vitu disse que o gringo mandou todo mundo pra casa pelo menos 3 dias por semana. Eu, claro, o pato novo (um terno bastante usado pelo Vitu que é: pato novo não mergulha fundo), disse: — Pô, mas funciona? O que ele ganha com isso? — E a resposta foi essa: — Ah, Olivera, Olivera... ele ganha em produtividade, porque as mulheres com crianças pequenas, por exemplo, estão perto de seus pequenos. A pessoa nessa condição não vê problema em ajustar seus horários, pois é possível dar de mamar ao seu bebezinho e esticar um pouco mais pra entregar a cota de trabalho do dia, extremamente feliz porque estava presente e pertinho de quem precisa. Se você acha pouco, vai mais essa: ele economiza energia elétrica, papel higiênico, café e água, certo? Agora imagina isso num prédio de 20 andares só pra começar...

Ainda assim, encontrei e encontro muito preconceito, lembro de ter ouvido uma fofoca de um vizinho que disse que eu era um desocupado sustentado pela minha esposa que é Dra., fato bem engraçado que rendeu pra gente boas risadas.

Descentralização das informações: o futuro

Tivemos um acontecimento que colabora com todos os argumentos favoráveis ao trabalho remoto. A agência era em Pinheiros, um lugar muito bacana. Naquela época a agência estava crescendo, lembro que estávamos todos sempre muito ocupados, mesmo assim a gente sempre que podia dava uma força, recolhendo os lixos, lavando louça (xícaras de café, bandejas, coisas usadas em reunião) etc., mas nessa época em específico o Vitu estava profissionalizando pra valer a agência, então tínhamos os cargos e funções bem definidos, inclusive com a contratação da pessoa que fazia a limpeza.

Aqui farei como estou fazendo em descrições mais complexas, vou omitir o nome da pessoa. Ela era ótima, apesar de bem novinha, essa colaboradora era bem querida e parecia feliz com a vida, tinha planos e perspectivas, porém, pra surpresa de todos, ela tentou tirar a própria vida dentro da agência.

Pensa na merda que isso podia dar pro Vitu. Ficamos muito assustados com a situação. Lembro de chegar cedo naquele dia para trabalhar e de repente receber o recado do Vitu que era pra todo mundo ir pra casa. Além do prejuízo emocional, ficamos dois dias sem entregar nada de trabalho, isso foi um puta prejú, porque na Argumento a gente preza pelo cumprimento dos prazos, e é assim até hoje. Trabalho entregue no prazo é coisa sagrada.

Com a implantação do home office, problemas como esse ficam completamente contornáveis, vou dar um outro exemplo. Há alguns anos, o Anderson estava com um cliente em uma feira no Rio de Janeiro, eles precisavam da arte de um logo urgente, eram 8 horas da noite de uma sexta-feira, não tinha ninguém no escritório, ele não se fez de rogado e me ligou, resolvemos o problema em 20 minutos. Arte do logo com a resolução certa, tamanho certo, entregue no e-mail do cliente. Preciso pontuar que, no meu caso com a Argumento, especificamente falando, temos esse acordo de horários flexíveis e resolução de emergências, então isso pra mim não é problema nenhum, lembre-se de que essa forma de trabalho é muito interessante pra mim, e concessões são mais do que justas. Por conta de ser home officer, consigo ir a reuniões na escola em horários em que eu estaria preso no escritório, consigo levar minha princesinha ao ballet, levar e buscar meus filhos na escola, e ter mobilidade para resolver qualquer imprevisto, como uma torneira quebrada, maçaneta emperrada, pia entupida etc.

Ônus X Bônus

Muitos são os desafios de transformar o ambiente doméstico, barulhento, intenso, seguro e vivo em lugar silencioso, austero e tranquilo. Se você for casado e tiver filhos pequenos, esqueça, isso jamais vai acontecer. Entretanto preciso destacar uma coisa muito importante nessa equação: a proximidade com a família. Enquanto muitos acham que o maior desafio de se criar um filho hoje em dia seja a questão financeira, em minha opinião, não avaliaram direto a questão.

O maior desafio (lembre, em minha opinião) é o tempo que se precisa destinar aos pequenos e à família de uma forma geral. Entenda, às vezes, apenas estou em casa, não necessariamente disponível, mas estou em casa. Posso dizer muito satisfeito que estou sempre presente em momentos decisivos. Estou vendo eles bem de pertinho, e isso se aplica a eles também. Às vezes bastante enrolado com uma reunião ou com um trabalho, mas distante apenas alguns passos.

Fraudas entre layouts

Estar presente e ver meus filhos crescendo, ser testemunha das coisas importantes da vida deles, pra mim é muito especial. Meu pai virou estrela quando eu tinha 9 anos, vi as dificuldades que minha mãe e heroína dona Ozélia passou por estar sozinha e não ter com quem deixar a gente. Lembro do Rafa, meu irmão caçula, ficar doente toda semana, afinal, quando ele ficava doente minha mãe dava um jeito de ser liberada pra ficar com a gente, entende?

Trabalho de bermuda e chinelo, vejo o mar todo dia, consigo estar em casa em momentos importantes, como neste exato momento em que escrevo minhas memórias, meu campeão Matheus está com febre, o pico foi há dois dias, ele já está melhor, porém eu estou em casa, trabalhando, resolvendo pautas, e tendo tempo para ver sua temperatura e administrar o remédio. Você, que me lê, tem noção do quanto isso é importante? Estive presente em outras das pouquíssimas vezes em que vi o Matheus doente, inclusive minha princesinha também está adoecendo, isso é absolutamente normal, afinal crianças interagem umas com as outras na escola e o vírus fica no ambiente, mas eu estou aqui, se precisar correr pra emergência, ou ir comprar um remédio na farmácia, estou completamente disponível.

Um caso curioso que ocorreu e por sorte eu estava em casa foi quando funcionários da Equatorial, empresa de energia elétrica aqui de Alagoas com atuação em vários estados do Nordeste, vieram ao condomínio cortar a energia da unidade 260. Como eles não eram silenciosos, daqui de casa eu estava ouvindo vozes e estranhando o movimento, e claro, fui lá ver. Eles chegaram na frente do meu relógio e iam cortar a energia, quando perguntei a um deles: o que você está fazendo? E ele respondeu: viemos cortar a energia da unidade 260, e eu disse: mas esse relógio é meu e meu apartamento é o 259, pense na confusão, só depois de mostrar a conta paga e provar que o relógio em questão era o errado foi pelo menos 30 minutos. Pensa na dor de cabeça que seria pra religar.

Não sei como meus pequenos se lembrarão disso no futuro, às vezes até fico meio puto, porque percebo a preferência pela mãe, que trabalha fora e não está tão acessível, mas paciência, o que importa é que eu estive presente, pra trocar uma fralda, mandar um e-mail, dar um lanche, atender uma ligação do escritório ou para qualquer emergência. Isso não tem preço.

Metas diárias cumpridas

O maior desafio de se trabalhar em casa são as distrações, tudo é motivo para desviar sua atenção. Já briguei com a Cláudia várias vezes por tentar fazê-la entender que apesar de estar em casa, não estou 100% disponível. Já aconteceu de eu estar em reunião com o microfone aberto e ela vir pedindo que eu comprasse ovos e o pão às 15h, nessa reunião em especial o Anderson chegou a dizer: Bob, Bob, deixou de comprar as coisas pra casa?

Olha a brecha. Ainda bem que os donos sempre levaram isso numa boa, porque não controlo minha família. Eles me procuram para resolver seus problemas, isso é bom, mas ainda hoje, com mais de 12 anos de trabalhos em home, preciso estar pontuando, principalmente à Cláudia, que estou no horário de trabalho e tenho sim cotas e metas diárias.

Vários são os desafios: barulhos de TV alta, liquidificador, máquina de lavar, o filho do vizinho, o barulho dos meus próprios filhos, reformas, enfim, existem vários pontos negativos a serem entendidos e contornados, porém não podemos deixar de citar os pontos positivos: não pego trânsito, não me preocupo com o que vestir, no término da jornada de trabalho, tudo que preciso fazer é esticar o braço, pegar minha toalha e tomar um belo banho, conseguimos na maioria dos dias nos alimentar juntos, a alimentação de casa é e sempre será mais saudável do que a de qualquer restaurante e por mais corrida que seja minha vida, consigo ser um pai presente.

Disciplina, foco e concentração

A máxima: "o treino leva à perfeição" é sim verdadeira. Nesses mais de 12 anos em home office, descobri em mim, sem falsa modéstia, uma excelente característica: disciplina, foco e concentração. Consigo cumprir minhas metas e minhas obrigações. A casa é um grande foco de distrações, para que esse sistema de trabalho funcione é preciso que você entenda como eu entendi que se deixar pra depois não entrega o layout, ou se deixar pra depois do horário precisará de disciplina pra não ir pra cama sem antes entregar o trabalho prometido. O sistema de trabalho que construímos está totalmente baseado na confiança.

Nem o Vitu, nem o Anderson e nem o Rafa ficam me ligando pra saber como está o trabalho que tem que ser entregue até às 18h. Sempre que posso, entrego antes, mas cumprir as metas e as entregas diárias deve ser a meta do home officer. Este é o meu conselho: tente equilibrar a vida doméstica com a profissional com bom senso, se você conseguir, dificilmente você terá problemas.

Sotaque

Há quem diga que meu sotaque paulistês foi suavizado. Ouço isso principalmente dos meus familiares, do pessoal da agência nunca ouvi nada, acho que não perdi nada do sotaque, afinal, ele faz parte de quem sou e de minhas origens. Aqui em Maceió, às vezes acabo dando nó na cabeça das pessoas, que me perguntam de onde eu sou, e respondo: sou daqui. Após a resposta a cara que as pessoas fazem tipo: não acredito, tá me zoando? – é impagável.

Uma curiosidade é que nunca conheci tantos gringos em São Paulo como aqui. Vamos às contas. Conheci um canadense que além de amigo se tornou cliente, Ash Mantashi, campeão canadense de xadrez e uma alma maravilhosa; Jean Chalres Vatelet, fotógrafo social e de arte; Giani, dono da excelente pousada Paradiso Tropical; e Maurizio Cocciolone, o caso mais incrível. Maurizio Cocciolone é irmão e sócio de Paolo Cocciolone, dono de uma construtora aqui em Maceió. Não sou amigo deles, não se trata disso, morei em um de seus empreendimentos, mas Maurizzio é veterano de guerra italiano, esteve na Guerra do Golfo, ficou prisioneiro dos iraquianos por meses e está vivo pra contar história. Confesso que sempre que lembro disso tenho um misto de fascinação e pena. O que ele deve ter passado não deve ter sido fácil. Eu conversei com ele apenas duas vezes, foi cordato e educado, além de falar muito bem o português.

Nunca imaginei que trabalharia de casa, nunca imaginei que moraria fora de São Paulo, entendam, sou paulistano da capital e apaixonado por minha cidade, mas descobri que o amor é assim, agrega, acrescenta, junta... Tenho um amor por essa terra que me acolheu que vocês não imaginam, meus filhos são daqui, vi esse bairro, Santa Amélia, em que moro há mais de 10 anos, crescer. Quando cheguei aqui em 2010 não tínhamos net, não tínhamos fibra ótica, não tínhamos tanta coisa...

Nesses mais de 10 anos aqui no NE, ganhei uma mainha que amo como se fosse minha mama, um painho parceiro, disponível e amigo, fiz novos amigos, além de ter tempo de conhecer mais profundamente a mim mesmo. Aos meus amigos e a você, leitor, uma curiosidade, apesar de ter nascido na Moóca em São Paulo, eu não vim ao Nordeste, eu retornei. O Sr. Roberval, meu pai amado, que não canso de agradecer por ter me aceitado como filho e de ter me dado de herança seus genes, era baiano.

33 Dias

Aproveito esse momento para externar mais uma vez meus mais sinceros agradecimentos ao Vitu, ao Rafa e ao Anderson. Em 2016, 2017, fui acometido por uma crise de coluna por minhas 3 hérnias de disco que me custaram 33 dias acamado. Quem tem hérnia de disco e não pratica esportes ou atividade física pode ter graves problemas. Fiquei torto, sem poder ficar ereto. Nesse momento, preocupado com o que seria de minha família, nasceu o Projeto Arte Nordeste.

Deitado doía, sentado doía, em pé doía, não conseguia dormir, ler ou fazer qualquer outra coisa de tanta dor. Pensei que não ia andar normalmente nunca mais, por isso não posso deixar de agradecer a quem me deu os 33 dias, e claro, à dona Creuza, minha mainha alagoana, que fez várias correntes de oração, que deram certo, para eu me recuperar e poder voltar aos trabalhos.

Tenho que agradecer também à Cláudia, que segurou as pontas sozinha durante esse tempo. Não foi fácil, mas conseguimos, e acho que foi mais fácil por eu estar em home office. Sim, este livro é um ode ao home office, embora eu entenda que não agrade a todos. Nesse período, apesar de ter todo o apoio da agência para me recuperar, pensei muito sobre o que o universo queria me dizer. Quando você quebra, não é assim do nada, o universo quer lhe dizer algo, eu estava fazendo algo errado, de novo.

Confesso que até hoje não tenho certeza se entendi o recado, mas nessa época, em 2016, 2017, iniciei um novo projeto paralelo chamado Arte Nordeste, mas isso é outra história.

A Maçonaria

Home office não é Maçonaria, mas no quesito preconceito se equiparam. Não seja preconceituoso com as pessoas, com as situações, com as oportunidades, com religiões, com as ordens iniciáticas, tenha a cabeça aberta, ouça e conheça. Tente deixar de articular pensamentos como: "Já sei, imagino que seja assim, com certeza é assim e eu sei que é assim". Pode acrescentar todas as variáveis, ok? Isso se chama pré-conceito, ou seja, de antemão: acho que, espero que, e presumo que.

Desconfiança, desprezo e arrogância são filhas da ignorância. Pode ter certeza que quando nos abrimos a conhecer ou ouvir de verdade ideias que achamos que sabemos, sempre vem algo que pode mudar completamente nossas opiniões.

Como este trabalho se trata de um apanhado de lembranças e causos a fim de mostrar o lado positivo de se aceitar as novidades que a vida pode lhe proporcionar, preste atenção nas coisas que acontecem com você, às vezes são um convite à reflexão, às vezes um convite ao autoconhecimento, às vezes um convite de ver as coisas por ângulos diferentes, oportunidades de revisitar conceitos empoeirados, por isso faço um chamamento a você: não aceite jamais opiniões prontas sobre qualquer assunto, pesquise, pergunte e investigue, ok?

Feita essa pequena introdução a pré-conceitos, vou falar sobre outra coisa que o home office me trouxe: ter acesso à Maçonaria. Fui iniciado na Loja Maçônica Marechal Floriano Peixoto n.º 12, filiada à Glomeal no Or.'. de Maceió em 2012. Local onde se fala do que é bom e justo. Onde se incentiva o ser melhor, fazer melhor e procurar o melhor. Estou dizendo isso e me expondo, porque vejo que muitos dizem, acusam e especulam sem conhecer o que de fato é a Maçonaria. O conhecimento traz luz e dissipa as sombras da ignorância. Muito de mim que está melhor é graças a essa maravilhosa Ordem.

Um novo mundo?

Embora eu já tenha dito que do ponto de vista prático, a pandemia teve pouco impacto na minha vida, nunca passamos por isso antes, e sim, assustou sim. Acho que apesar de termos a falsa e confortável sensação de controle sobre nossas vidas, a pandemia nos convidou à dura realidade: não controlamos absolutamente nada.

O que nos leva a outras situações muito desconfortáveis, que são: não saber o que fazer, não saber o que vai acontecer e o medo do desconhecido, situações estressantes que são o terror para qualquer mente sã, pois causam alguns dos maiores problemas que em minha humilde opinião assolam a humanidade, que são a ANSIEDADE (medo da incerteza e dúvidas, a ansiedade mantêm você prisioneiro de um futuro que nunca chega, e o pior, futuro que são especulações de coisas que talvez nunca venham a acontecer, coisas que você pensa, coisas improdutivas que te prendem a um grilhão, que te ancoram, congelam e amarram; enfim, diz muito mais sobre sua percepção sobre as coisas, que na maioria das vezes é muito diferente de como as coisas realmente são) e a DEPRESSÃO (quando você vive preso ao conforto do passado, triste exatamente porque passou e não volta).

Como disse, no mar de tantas incertezas até para uma mente equilibrada e saudável, viver a pandemia não foi fácil. O relato do Anderson feito a mim foi algo comovente. A agência tinha acabado de contratar um diretor de criação, o talentoso Daniel Machado, um cara agregador e alto astral, tinham muitos planos. A sede da Argumento no Morumbi é um lugar lindo, aconchegante, confortável e bacana pra receber clientes. Lembra o que eu tinha dito? Quando você acha que tem as respostas, vem a vida e muda as perguntas.

A Argumento foi uma das poucas agências que sei que não demitiu ninguém, mesmo assim a questão da grana foi uma preocupação a mais pro Anderson e pro Rafa. Diz aí que planejamento contempla uma situação dessas? Tivemos redução de salário em um único mês e a questão de desmontar os computadores foi muito estressante pro Anderson, soava como uma despedida sem data de reencontro. Posso dizer do desfecho: funcionou e está funcionando tanto remoto quanto presencial, com boas entregas e clientes satisfeitos.

Considerações

O home office foi e é uma das melhores coisas que aconteceram na minha vida:

- Não pego trânsito para ir ao trabalho
- Não preciso me preocupar com o que vestir
- Levo e busco meus filhos na escola todos os dias
- Almoçamos e jantamos juntos todos quase todos os dias
- Estou por perto sempre
- Ajusto meus horários conforme minhas demandas (lembrando que entregas de cotas diárias são sagradas)
- Posso trabalhar de qualquer lugar do Brasil ou do mundo, basta apenas estar logado

Com esses argumentos postos, minha definição sobre o home office é de que pode dar às pessoas mais tempo de se ver, interagir e, por que não, se conhecer melhor. Tenho conversado com muitas pessoas e entendo que o perfil que mais se adapta ao home office são os casados com filhos. Os solteiros têm em suas responsabilidades mais questões individuais do que quem é chefe de família.

Se trata então de mais uma opção de forma de trabalho, afinal, como disse, cada indivíduo tem suas demandas, suas preferências, dificuldades e objetivos. Existem postos que nunca poderão ser substituídos pelo trabalho remoto, e isso é bom, pois a existência de várias possibilidades é o que torna o mundo cada vez mais plural e melhor. Um último relato sobre home office é sobre um amigo de TI também chamado Anderson, marido de uma amiga da Cláudia, a Érica. Eu o conheci em 2014, e de cara gostei muito dele. Quando disse a ele que trabalhava em home office foi uma festa, até aquele momento não tinha entendido nada, foi quando ele me disse que também trabalhava em home office para a IBM Holanda, daqui de Alagoas. Então para você que nunca pensou na possibilidade, o futuro chegou, e pode ser híbrido, ou totalmente remoto, então nunca se feche às possibilidades, e nem diga nunca. DE NOVO, pois quando você acha que tem todas as respostas, vem a vida e muda as perguntas.

Memória afetiva fotográfica

Era eu levantar pra pegar um café ou ir ao banheiro que lá estava ele. Esse é o Matheus, por volta de 2012

Dra. Cláudia, por volta de 2007

Eu e a Cláudia, Ibirapuera, por volta de 2008

Maria Clara, por volta de 2017

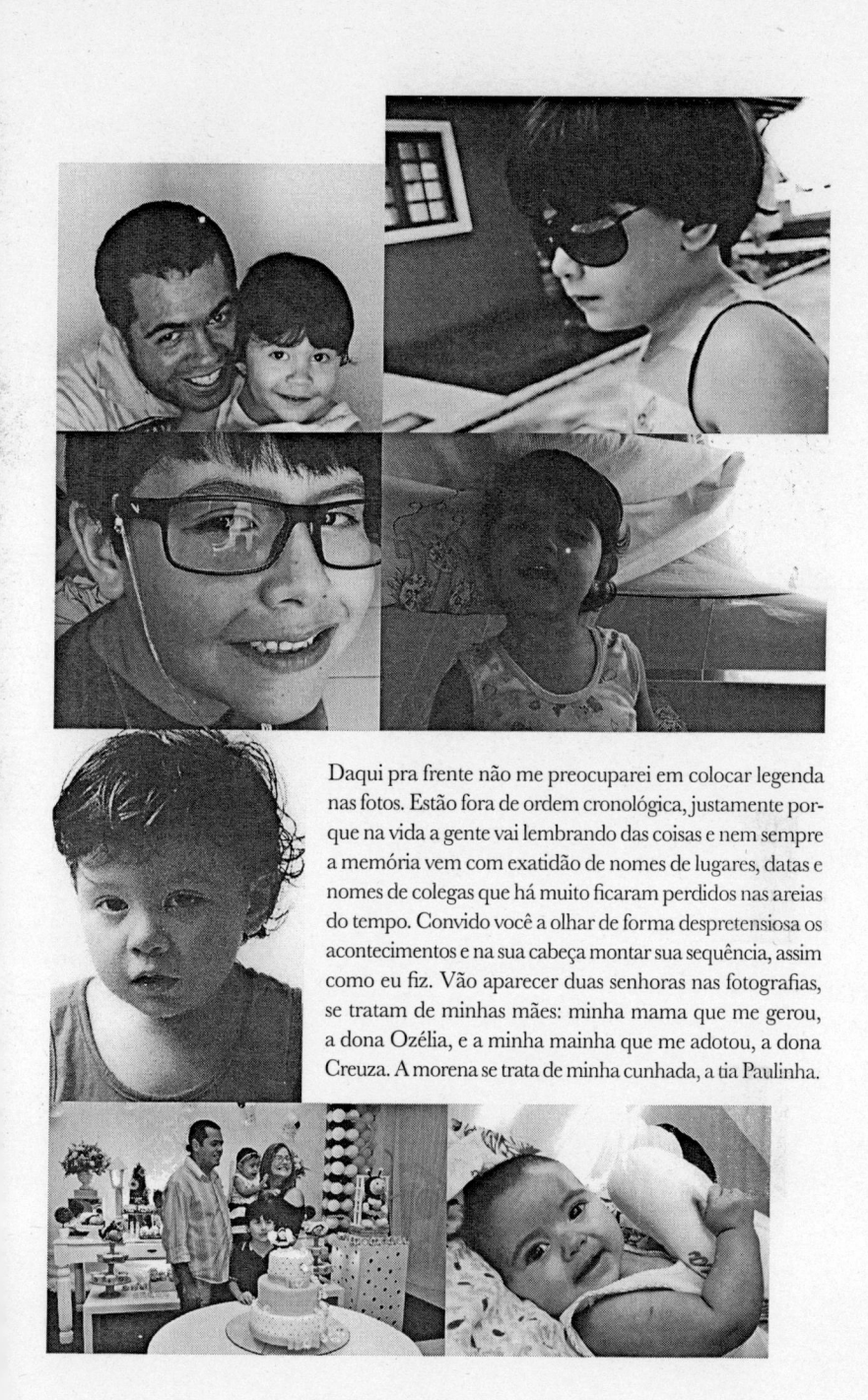

Daqui pra frente não me preocuparei em colocar legenda nas fotos. Estão fora de ordem cronológica, justamente porque na vida a gente vai lembrando das coisas e nem sempre a memória vem com exatidão de nomes de lugares, datas e nomes de colegas que há muito ficaram perdidos nas areias do tempo. Convido você a olhar de forma despretensiosa os acontecimentos e na sua cabeça montar sua sequência, assim como eu fiz. Vão aparecer duas senhoras nas fotografias, se tratam de minhas mães: minha mama que me gerou, a dona Ozélia, e a minha mainha que me adotou, a dona Creuza. A morena se trata de minha cunhada, a tia Paulinha.

A partir daqui, o foco está nos acontecimentos que antecederam minha vinda pra
Maceió. Aqui estão algumas das pessoas
que fizeram parte da minha vida profissional e que ainda hoje estão em contato
comigo. Minha eterna gratidão a tudo que
aconteceu e da forma como aconteceu.
Tudo sempre ensina algo.

Essa aqui merece uma legenda, da esquerda pra direita: Viktors, Rafael, Fernando (o Fernando hoje é um dos diretores de atendimento, trabalha na agência há um tempão e é um amigão que tive a honra de conhecer pessoalmente, ele veio a Maceió pra conhecer as maravilhas da cidade e me fazer uma visita!) e Anderson.

Vale também agradecer ao Viktors e à Fernanda por cederem gentilmente algumas de suas preciosas imagens para ilustrar minhas memórias, a vocês minha eterna gratidão.

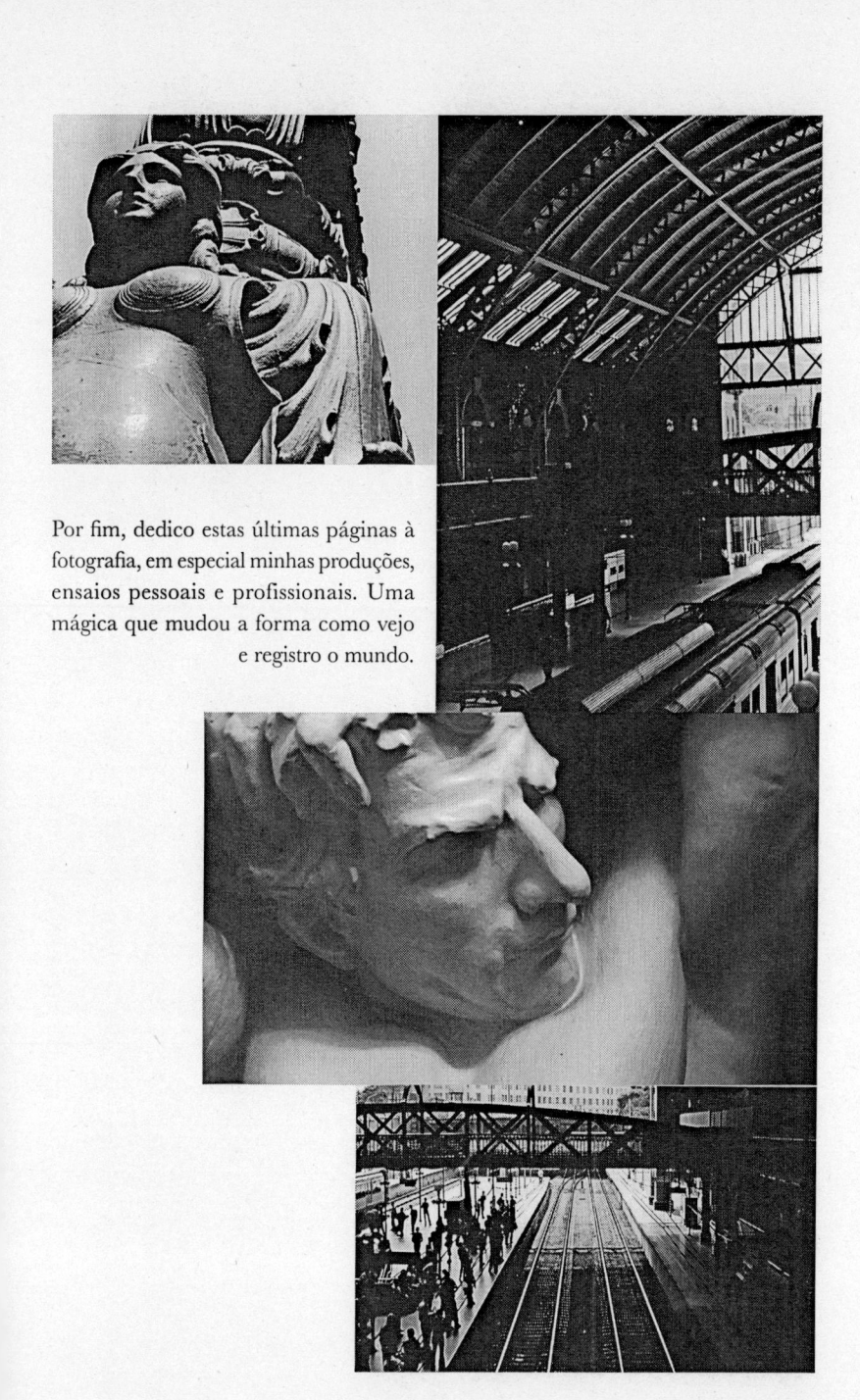

Por fim, dedico estas últimas páginas à fotografia, em especial minhas produções, ensaios pessoais e profissionais. Uma mágica que mudou a forma como vejo e registro o mundo.

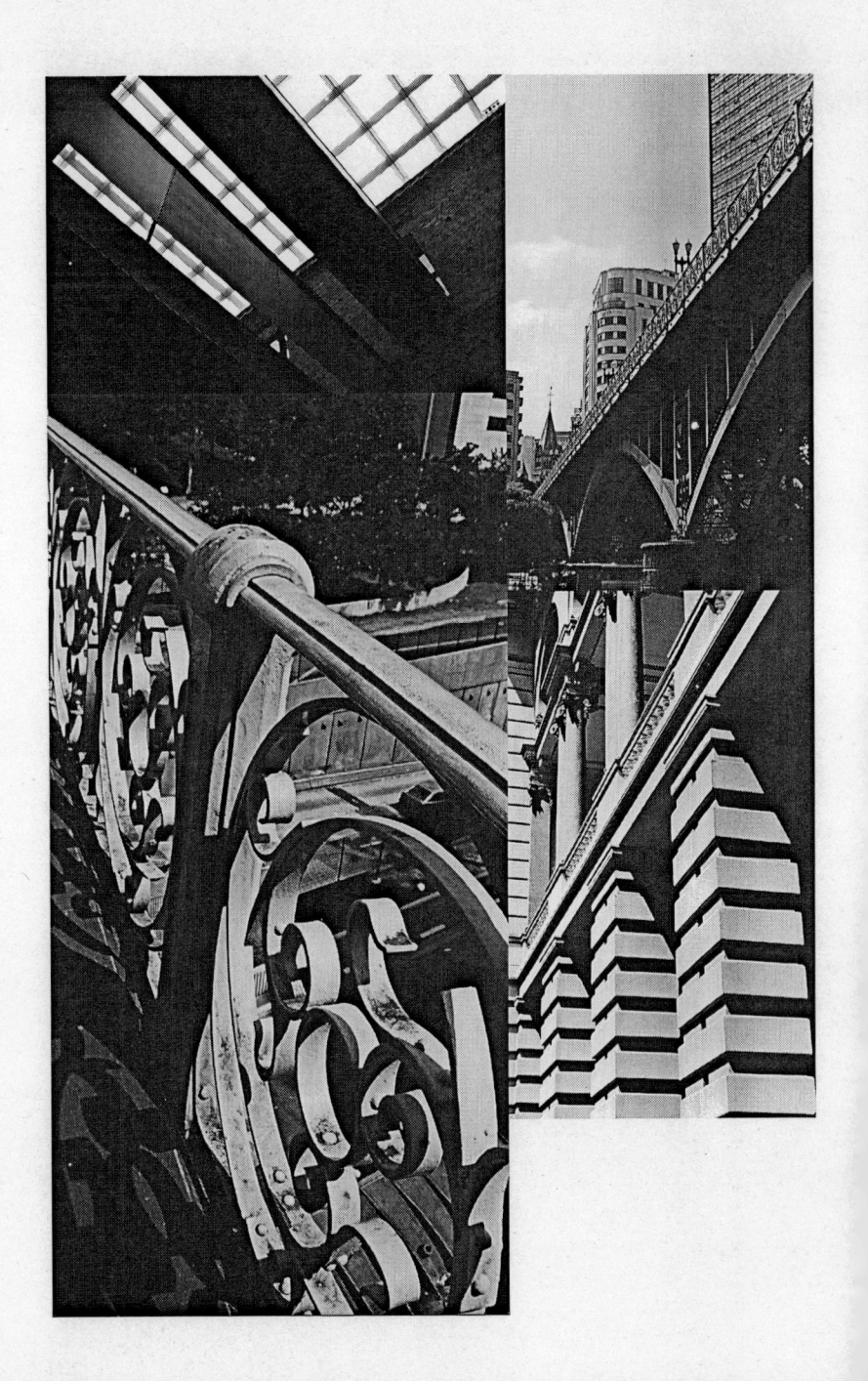

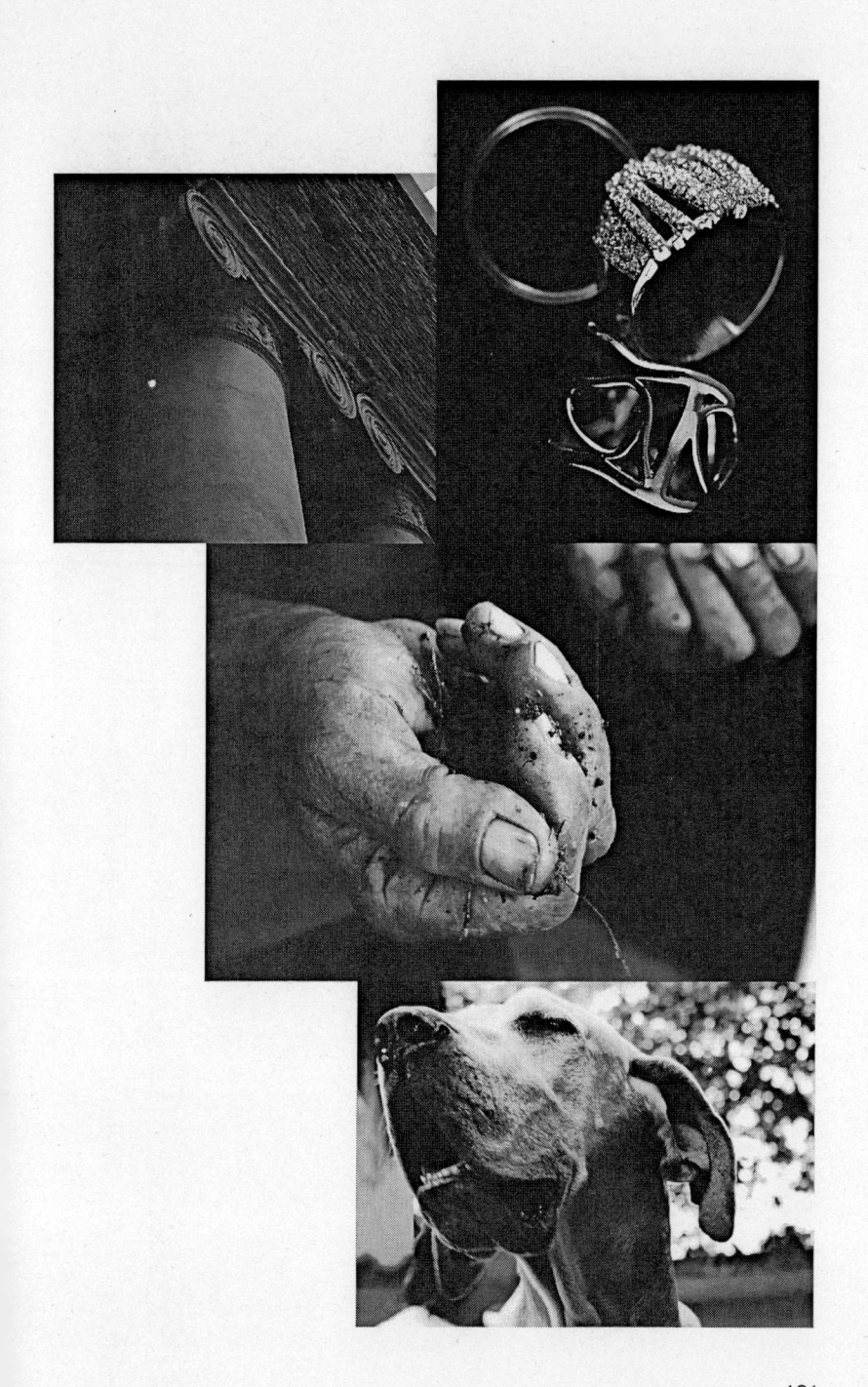

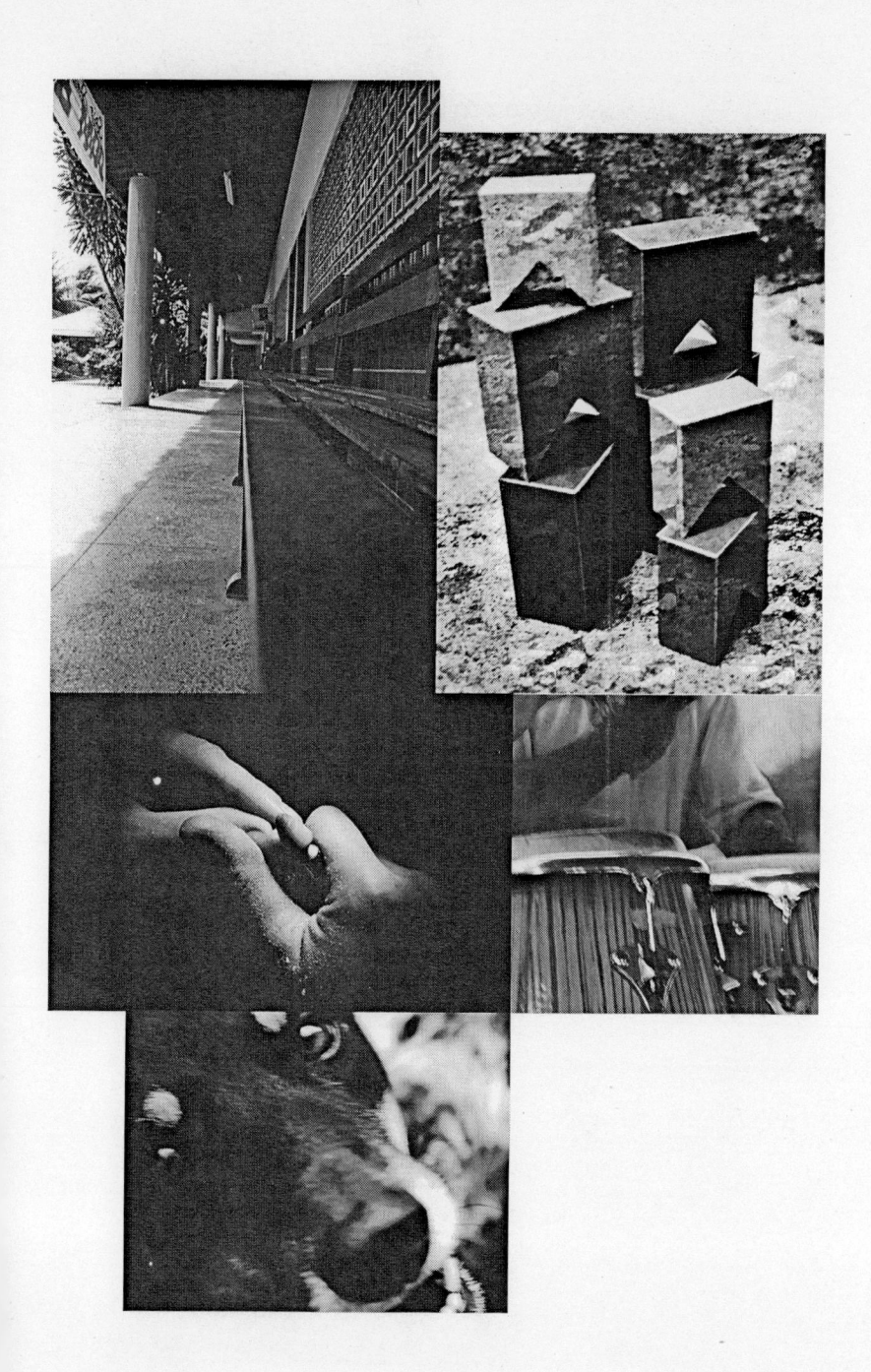

Aqui ao lado, mostro algumas imagens atuais da Argumento. Sentadinho lá na mesa está o **Anderson**, e nas demais mostro a estrutura, e aqui em cima à esquerda o **Rafa**, ao centro o **David**, e à direita, adivinhem!

Quero **agradecer** a você que chegou aqui, agradecer à minha família inteirinha e ao universo pela vida bacana que vivi até aqui. Confesso que ainda estou curioso com o que está por vir, então vamos vivendo, observando e aprendendo.

Sim, não poderia deixar de agradecer ao amigo e irmão Luzard Pereira Cândido, como a maioria das pessoas que estão ou estiveram em minha vida é uma alma bondosa, extremamente inteligente, professor de literatura, uma pessoa de uma sensibilidade admirável, além de ser a primeira pessoa a ler estas linhas, foi um incentivador, minha gratidão a você, meu ir.'.

ACESSE:

https://www.argumentocomunicacao.com.br

https://www.instagram.com/argumentocomunicacao/?hl=pt-br

https://www.instagram.com/boats.brothers/?hl=pt-br

https://www.instagram.com/oliveto9/?hl=pt-br

https://www.instagram.com/oliveto91/?hl=pt-br

Relatos

Neste capítulo pedi a alguns dos amigos citados no livro para falarem eles próprios sobre os relatos apresentados por mim. Quero de coração agradecer mais uma vez a cada um deles pela ajuda e pelo desprendimento em contribuir para a conclusão deste pequeno relato sobre a gente. Sem suas palavras a obra estaria incompleta. Gratidão a vocês todos!

RELATO 1.

"ESCUBRA", sabe o que é isso? Você já vai descobrir.

"Tem algum **escubra** aí?". *"E então, pegou algum **escubra** no layout?". "Vixe, tá cheio de **escubra**. Não vai dar para finalizar ainda."*

Acabei de assistir na Netflix a minissérie *Pepsi, where's my jet?*. Recomendo o play. Trata-se da saga de um americano que se valeu da brecha (leia-se falha) de uma campanha promocional para exigir o seu caça Harrier (avião de guerra) como brinde. Isso foi na década de 90. Um quiprocó daqueles. Como se vê, erros acontecem desde sempre. Dependendo do cliente, verba e funil de aprovação, as consequências podem ser mais ou menos drásticas. Pelo jeito, a falta de *double check* dos envolvidos nessa campanha da Pepsi causou uma dor de cabeça que pode ser sentida até os dias de hoje. Em proporções bem menores, isso também aconteceu na agência. E virou um neologismo, um meme que ainda performa muito bem nas nossas conversas recorrentes sobre trabalho.

Em um belo dia de chuva em Pinheiros, bairro de São Paulo onde ficava a agência, recebemos o feedback do cliente: *"Anúncio aprovado. Pode finalizar todos os 'n' formatos e enviar para os veículos."* Era um anúncio. Ia sair em vários veículos, em versões diferentes de formato. Tínhamos que adaptá-lo de acordo com as medidas solicitadas e sair distribuindo os arquivos finalizados para as revistas, jornais e afins. Na época, eu não só redigia os textos como também fazia a revisão ortográfica de todas as peças da agência.

Em dias como esse, de fechamento simultâneo de muitos arquivos, a entropia tomava conta. E nossa estrutura diminuta de pessoal na criação era, praticamente, a colaboração de mais uma variável entrópica para aumentar as chances de caos. Então um outro diretor de arte assumiu o job. Depois de fazer todas as adaptações de layout, chamou-me para conferir as peças. Como os textos estavam revisados e aprovados, preocupei-me apenas em conferir a hifenização das palavras no texto do rodapé e checar se os formatos criados pela agência condiziam com as medidas determinadas pelos respectivos veículos. Então, tudo certo. Anúncio por anúncio conferido. Um ajuste ali, outro aqui. Vamos que vamos.

Alguns dias depois, a cliente liga enfurecida: *"COMO É QUE VOCÊS DEIXARAM O ANÚNCIO SAIR EM UMA PÁGINA INTEIRA DA REVISTA INFO EXAME COM UM ERRO DESTES?"* Nesse dia, portanto, nasceu o "Escubra". É que o título do anúncio começava com a palavra DESCUBRA. Para você ter uma ideia, era uma fonte toda em caixa alta. Somando-se as palavras do título, dava quase meia página do anúncio. Ou seja, foi feio demais. Algo que só não seria percebido se não fosse lido... epa... pera lá. Lembra que falei que eu me preocupara apenas em revisar a hifenização e tudo mais? Pois é. Não parei para ler os títulos, os quais se repetiam, na íntegra, a cada nova versão de anúncio.

Provavelmente, o diretor de arte esbarrou na barra de espaço, no botão de deletar ou deu um CTRL C + CTLR V deixando de capturar a primeira letra do título. E passou desse jeito, sem que alguém parasse para dar aquela última olhada. Felizmente, foi apenas nessa peça. Infelizmente, no anúncio mais importante do conjunto. Era página inteira, letras garrafais em cores vermelhas. Impossível não perceber o ato falho.

Falha da agência, prejuízo da agência. Tivemos que veicular o anúncio novamente, agora sem erro, e pagar pela veiculação. Não foi um episódio glorioso da nossa história. Pelo menos, serviu de matéria-prima para o surgimento de mais um elemento prosaico proprietário. Uma narrativa que resgata a boa nostalgia, a qual levaremos na memória com muita leveza e genuíno sentimento de coleguismo.

ADRIANO FRANCO MITIDIERO

RELATO 2.

Parceria de longa data

Eu sou o Anderson, sócio da agência desde 2009, porém minha história na Argumento teve início em janeiro de 2003. Logo no meu primeiro dia de trabalho eu conheci o Oliver, mas antes de sermos apresentados ele se aproximou, atendeu o telefone e eu pensei: *"Nossa, um homem com voz de menino"*. Naquele momento achei engraçado.

Desde aquela época o Oliver sempre foi muito solícito e atencioso comigo, eu era muito jovem e o mundo da propaganda era novidade. Mesmo não sendo sua obrigação, entre um job e outro, me apresentou as ferramentas do Illustrator, Photoshop e junto com o Viktors me ensinou a usar a mesa de luz onde eram montados os mockups dos produtos (o mockup é uma prova impressa do arquivo, simulando de forma aproximada como ele deve ficar em seu formato final).

E isso foi só o começo!

No decorrer desses 20 anos de amizade e parceria, vivemos diversos projetos legais, confraternizações e viagens marcantes, além dos jargões e bordões que até hoje a gente fala em nossas conversas. O Oliver é aquela pessoa que dificilmente fala um não... ele pensa, respira e fala: "Vamos lá, qual o é briefing?".

Acredito que seja um dos precursores do home office. Conseguiu se reinventar, encontrou o equilíbrio e felicidade junto a sua esposa e filhos.

Entretanto não posso deixar de observar que mesmo após quase 15 anos morando em Maceió/AL, na minha opinião, ele continua um entusiasta de sua cidade natal, mantendo o sotaque e com saudosismo ao lembrar das coisas simples de São Paulo, como, por exemplo, um café da manhã na padaria no bairro da Mooca.

Desejo todo o sucesso, e que consiga transmitir neste livro um pouco da sua história e essência. Boa leitura a todos!

JOSÉ ANDERSON DOS SANTOS

RELATO 3.

Oliver Barbosa

Um cara que conheci 20 anos atrás, por meio da agência de publicidade que o meu namorado na época, hoje marido, iniciou com outros sócios. Chegou devagarinho, olhando tudo... mal eu sabia que ele ia ser a máquina de layouts, como Viktors se referia ao diretor de arte. O Oliver foi e é pau pra toda obra, sempre disponível e com aquela cantoria na voz: Fernandaaaaa 1.ª dama, como posso ajudar?

Mudou, mudou de novo e continua atrás de reinventar, agora foi a vez do livro. Estamos distantes, em países diferentes, mas sabemos que se um precisar do outro, vamos dar um jeito. Parabéns, que seja um sucesso! Sempre estarei na torcida por você e sua família.

FERNANDA CHOMKO

RELATO 4.

Home office

O home office é um formato que surgiu para ficar. A pandemia só veio consolidar isso. Esse formato traz autonomia para a pessoa, possibilitando unir sua vida pessoal com a profissional, num misto de mais liberdade e mais responsabilidade. Ser organizado no home office é fundamental, e esse modelo é a cara do Oliveira!

Meu nome é Rafael, hoje um dos sócios da Argumento Comunicação, conhecido como Guma, pelo e-mail que eu usava, na época do MSN, ter o nome do meu cachorro e por eu falar muito nele. Conheci o Oliver, vulgo Oliveira, por volta de 2006. Diretor de arte, diretor de criação, fotógrafo.

Um cara muito empenhado na entrega dos seus trabalhos. Com sua experiência profissional e conhecimento da indecisão dos clientes, sempre tentou criar o máximo de opções/variações de uma demanda para evitar o retrabalho e as refações. Se o atendimento pede, por exemplo, pra fazer um logo com o nome da empresa e um tucano, ele prontamente entrega 10 opções do proposto, trazendo proatividade e tentando resolver briefings ruins de cliente, e possível inexperiência do atendimento naquele tema.

Como todo bom criativo, sempre esbraveja com pequenos prazos, dizendo frases clássicas como: *"O cliente acha que isso é uma pastelaria?!"*; *"O cliente acha que temos uma prateleira com várias ideias prontas?!"*, e assim por diante... Sempre solidário ao grupo, o Oliveira em grande parte das vezes fica com "grandes pedras pra quebrar", pois sabe que, se ele não colocar a mão ou opinar em um trabalho mais operacional e menos criativo, certamente aquele trabalho voltará para as suas mãos em algum momento, e com muito menos prazo, como no caso de inúmeros catálogos para diagramar com 100, 200 e até 300 páginas.

Um guerreiro que saiu de São Paulo para morar em Maceió, cruzando o país para construir família e encontrar sua paz.

RAFAEL CARDOSO

RELATO 5.

Sucesso do home office está diretamente ligado a meritocracia e o quanto cada um performa sem ter que bater cartão, usar crachá ou estar sentado em uma mesa dentro de escritório. Honestidade, organização e o pensamento em fazer o melhor são características de pessoas que têm sucesso no home office. O Oliver tem todas essas qualidades e é um pioneiro bem-sucedido do home office no Brasil. Sou muito orgulhoso de ter incentivado isso e de ter tido a honra de trabalhar com o Oliver por tantos anos. Sucesso, amigo!

VIKTORS CHOMKO NETO